... weil ich an deiner Seite stehe

... weil ich an deiner Seite stehe ... weil ich an deiner Seite stehe ... weil ich an

... weil ich an deiner Seite stehe ... weil ich an deiner Seite stehe ... weil ich an

... weil ich an deiner Seite stehe ... weil ich an deiner Seite stehe ... weil ich an deiner Seite steh

... weil ich an deiner Seite stehe ... weil ich an deiner Seite stehe ... weil ich

... weil ich an deiner Seite steh ... weil ich an deiner Seite steh

... weil ich an deiner Seite stehe ... weil ich ... weil ich

... weil ich an deiner Seite stehe ... weil ich an deiner Seite

... weil ich an deiner Seite stehe ... weil ich an deiner Seite s

... weil ich an deiner Seite stehe ... weil ich an deiner Seite stehe ... weil i

... weil ich an deiner Seite stehe

... weil ich an deiner Seite stehe

MOEWIG

Ein Windhauch nur, und schon
ist nichts mehr, wie es war.
Doch in jeder Veränderung steckt
ein Neuanfang, ein Same,
der erblühen kann.

Wie verletzlich wir doch sind!
Ich wünsche dir eine dickere Haut,
und ich bin da, um dich zu stützen.

Was ist ein versperrtes Tor?
Doch nur eine Pforte, die auf
den richtigen Schlüssel wartet!

Du hast dir so viel erhofft
und so wenig bekommen.
Schau dich um, überall
liegen neue Chancen.

Auch wenn du jetzt
am liebsten nur für dich wärst,
so nimm trotzdem Platz in der Menge,
beobachte still und taste dich
zurück in das Leben.

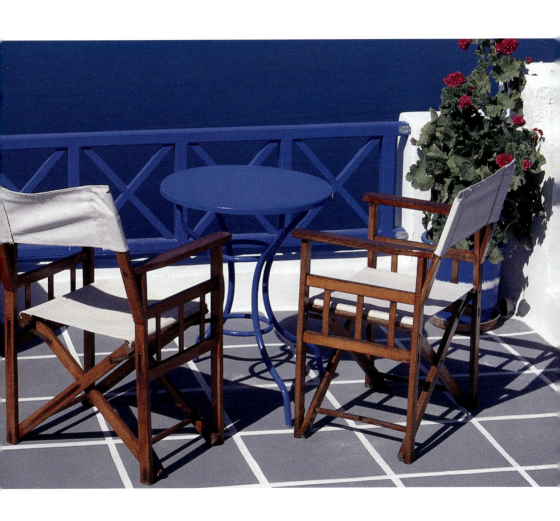

Manchmal geschehen Dinge,
die einen versteinern lassen.
Dann schau in die Zukunft,
nichts dauert ewig!

Du siehst wie in einem Spiegel nur deinen eigenen erstarrten Blick. Lass uns gemeinsam wieder eintauchen in das Leben – es ist ganz nahe.

Höre auf die Stille des Abends,
lausche auf das sanfte Plätschern
des Wassers. Es gibt so viele Dinge,
die das Leben lebenswert machen.

Es gibt jemanden,
der genauso ist wie du.
Gib die Suche nicht auf,
bevor du das Ziel
erreicht hast.

Das Leben geht seltsame Wege.
Ich wünsche dir den Mut,
eingefahrene Gleise zu verlassen.

Wir brauchen ein Zuhause,
das uns vor Stürmen schützt.
Ich will dein Zuhause sein,
wenn du mich brauchst.

Ich kann dir deine Trauer nicht
abnehmen – niemand kann das.
Doch ich bin bei dir,
wenn du mich brauchst.

Betrachte die Schönheit
einer Blume mit offenen Augen,
rieche ihren Duft mit wachem Sinn.
Es gibt so viel Schönes im
Verborgenen zu entdecken!

In der Stille kann die Chance liegen,
neue Kraft zu schöpfen.
Ich hoffe so sehr, dass dir das gelingt.

Wie viel Mühe es macht,
etwas aufzubauen.
Schau von oben herab –
wie klein und unbedeutend
sind da die Dinge!

Licht und Schatten liegen
oft sehr eng beieinander:
Wir aber sehen meist nur
das eine oder das andere.
Wenn alles dunkel ist, versuche,
wenigstens das Grau zu ahnen!

Wie schnell man doch den Glauben
an sich selbst verlieren kann.
Hilft der Blick nach oben?
Kannst du den blauen Himmel noch sehen?

Jeder hat Grenzen.
Ich stehe an deiner Seite.
Wenn du mich brauchst,
werde ich dir helfen.

Selbst die schönsten Blumen
werden einmal welk.
Das ist der Lauf der Dinge.
Es gilt, hier und jetzt zu leben.
Morgen kommt später.

Manchmal erscheint die Welt dunkel und kalt. Dann ist es nicht leicht, die hellen Lichter zu sehen. Aber: Auch wenn du sie nicht siehst, sie sind dennoch da.

Oft ist es notwendig,
sich vom Leben zurückzuziehen –
doch es kommt auch der Moment,
die Fenster wieder aufzureißen
und in die Welt hinauszublicken.

Die Kraft des Lebens sprengt
zu guter Letzt den grauen Stein.
Du musst nur geduldig warten.

ISBN 3-8118-1790-6
© by Pabel-Moewig Verlag KG, Rastatt
www.MOEWIG.de
Printed in Germany

Fotos: Silvestris, Kastl: Alfred Albinger: 45; Fritz Breig: 33; Günther
Ebenhög: 9; Fischer: 7; Hans Heitmann: 21; Kehrer: 39, 41; Peter
Legler: 19; Lehmann: 11; Lothar Lenz: 35; Dietmar Nill: 47; Josef
Pavenzinger: 43; Simon Rausch: 13, 31; Schneider & Will: 15, 25;
Schubert: 17; Usher: 5, 27, 29; Weißenberger: 37; Willi Zell: 23
Coverfoto: Getty Images (William Paton), München

Text: Carl Nigam, Rastatt

Die Schreibweise entspricht den Regeln der neuen Rechtschreibung.

... weil ich an deiner Seite stehe   ... weil ich an deiner Seite stehe   ... weil ich

deiner Seite stehe   ... weil ich an deiner Seite stehe   ... weil ich an deiner Seite s

e   ... weil ich an deiner Seite stehe   ... weil ich an deiner Seite stehe   ... weil i

n deiner Seite stehe   ... weil ich an deiner Seite stehe   ... weil ich an deiner Seite

he   ... weil ich an deiner Seite stehe   ... weil ich an deiner Seite stehe   ... wei

an deiner Seite stehe   ... weil ich an deiner Seite stehe   ... weil ich an deiner Sei

e stehe   ... weil ich an deiner Seite stehe   ... weil ich an deiner Seite stehe   ... w